내 삶은
헤엄칠 줄
모른다

엘렌 튀르종 지음

김윤진 옮김

도서
출판 **산하**

　기억이 가 닿는 가장 먼 곳까지 더듬어 보면, 나는 언제나 죽음과 기묘한 관계를 유지해 왔다. 그런 의미에서라면 내 청소년기는 풍요로웠다고 할 수 있겠다. 죽음에 대한 낭만적인 생각을 어찌나 많이 했던지. 열다섯 살 때 나는 이미 죽음을 원했었다.

　다행히 나의 자살 시도는 실패로 끝났다. 그리고 지금 자신 있게 말할 수 있는 것은 마침내 삶과 화해하는 데 성공했다는 사실이다.

　그 뒤로 17년이라는 시간이 흐른 다음, 나는 이 책을 써야겠다는 생각을 했다. 살아 있다는 것을 견디지 못하던 열다섯 살 소녀에게서 스스로 헤어 나오기 위해서였고, 그 시절 내 나이 또래의 친구들에게 조금이라도 도움을 주고 싶어서였다.

　이 책이 절망 대신 삶을 사랑하고자 하는 여러분의 동반자가 되기를 바란다.

엘렌 튀르종

"내 삶은 헤엄치는 법을 모른다네.
노를 젓고, 페달을 밟아도 나는 가라앉지.
나는 떠내려가지 않기 위해
할 수 있는 모든 것을 다하지."

_아리안느 모파의 노래
〈아쿠아노트〉중에서

삶이란 우리가 전혀 예상하지 못할 때 우리를 놀라게 하는 재주가 있다. 막 구명조끼를 벗어 던지는 순간, 고요하던 호수에 폭풍우가 몰아치듯 말이다. 삶이 우리 뒤통수를 치기 위해 고르는 것은 언제나 그럴 때이다. 일 분만 방심해도 바로 그 순간을 기다렸다는 듯 보트에 구멍이 뚫리고, 노가 떠내려간다. 결코 어느 것도 믿을 수 없다. 삶은 물속으로 빠져들면서 우리를 물고 들어가는 한 마리 개다.

하나

쥬느비에브는 어렵지 않게 수영장 열쇠를 구했다. 수영장은 두 번째 집이나 다름없었다. 쥬느비에브는 대부분의 시간을 수영장에서 보냈다. 훈련을 하지 않을 때에도 자신의 영원한 무게를 덜기 위해서인 듯 물속에 몸을 담그고 있곤 했다.

오랫동안 물은 충실한 벗이었다. 물은 쥬느비에브가 기억하지 못하는 시절로부터 물려받은 유산이었다.

쌍둥이를 임신한 잔느는 삶에 지쳐 강가에 간 적이 있었다.

'내 몸을 맡기기에 참 좋은 곳이구나.'

하지만 실제로 그렇게 하는 대신 잔느는 물에서 힘을 길어 냈다.

그리고 임신 사실을 안 뒤로 더 자주 잠기곤 했던 눈물의 홍수에서 빠져나와 출산까지 버텨 보기로 마음먹었다.

'나의 고통 속에 둥지를 튼 이 아이들은 어떻게 될까? 내 안이 텅 빈 것만 같은데, 이 아이들을 어떻게 세상에 태어나게 하지? 내 자신도 제대로 보살피지 못하는데, 두 생명을 사랑하고 돌보아야 하다니.'

쌍둥이라서 그랬는지, 잔느는 두 딸을 예정일보다 빨리 낳았다. 아이들은 바깥세상과 처음 만난 순간부터 자신들의 개성을 드러냈다. 루안느는 폐가 찢어져라 큰 소리로 울어 댔다면, 쥬느비에브는 전혀 소리를 내지 않아 사람들은 쌍둥이 가운데 하나를 잃을지도 모르겠다고 생각할 정도였다.

아이들을 낳은 뒤로 잔느의 삶은 더 단순해진 듯했다. 마치 두 아이의 탄생과 이 아이들이 요구하는 보살핌이 고통을 잊게 만든 것처럼 보였다.

잔느 옆에는 자크가 있었다. 자크는 잔느의 어두운 밤에 환히 빛나는 작은 부표였다. 두 사람은 버스 정류장에서 만났다. 자크가 잔느를 버스에 태웠을 때, 그녀는 울고 있었다. 자크는 손수건을 내밀었다. 그리고 쉐르부르크 가와 앙리-부라사 가 사이를 여덟 번 왕복한 다음, 자크는 그녀를 집까지 데려다 주겠다고 했다. 자크는 버스를 잔느의 아파트가 있는 라셀 가의 주차금지 구역에 세워 두었다. 그러는 바람에 교대 업무가 끝난 뒤 곧바로 차고지에 차를 몰고 오지 않았다고 상사에게 호되게 야단을 맞았다.

18년이라는 시간이 흘렀지만, 잔느는 여전히 버스 정류장에서 남편을 기다리곤 했다. 잔느가 버스를 타면, 자크는 여전히 손수건을 내밀었다. 잔느는 예의 바르게 손수건을 받아서 언제나 앉던 자리, 그러니까 백미러를 통해 남편이 보내는 사랑스러운 공모자의 시선을 볼 수 있는 자리로 가서 앉았다.

그러나 수영장 옷장 문의 자물쇠에 열쇠를 꽂고 돌리던 순간인 23시 43분에 쥬느비에브는 엄마도, 아빠도 생각하지 않았다. 그 애는 지금이 자신의 행동을 마무리 지을 마지막 기회라는 생각만 했을 뿐이었다.

나는 마룻바닥으로 기어 들어갔다.
그곳이 너무 불편해서
조금 더 앞으로 가고 싶었다.
마룻바닥은 차갑고 나보다도 고집이 세다.
마룻바닥은 나를 받아들이는 대신
못과 나무판자의 이음새 사이에다
나를 꽂아 놓았다.

나는 여전히 그곳에 있다.

쥬느비에브, 02. 1월 11일

내가 내 삶으로부터 도망칠 수만 있다면,
나의 권태로부터 벗어날 수만 있다면.

다시 1월 21일

움직여야 한다. 달리든지, 걷든지 뭐든지 간에. 그렇게 해서라도 내 머릿속에 끊임없이 떠오르는 그 장면들에서 멀어질 수만 있다면. 나를 누르고 숨 막히게 하는 물. 너무도 많은 물. 그 모든 물. 쥬느비에브는 그 아래에 있다. 나는 더 이상 어쩔 수가 없다.

내 동생이 나를 여기 내버려 두었다. 나는 계속 물속으로 가라앉는다. 혼자서.

　모든 것은 쥬느비에브만 할 수 있게끔 세심하게 연출되었다. 하긴 사람들 말로도 쥬느비에브는 비극에 타고난 재주가 있다고 하지 않던가? 딱 잘라 말하지만. 그 애는 타고난 재능이 있었다. 프랑스어 선생님들은 그 애의 글에 무엇인가 깃들어 있다고 했다. 어둡긴 하지만 영감이 있다는 것이다.

　쥬느비에브는 운동도 썩 잘해서 이따금 상을 받아오곤 했다. 그 애 방은 병적이긴 하지만 재능을 증명하는 그림들로 온 벽이 도배되어 있었다. 쥬느비에브에게 그림은 내면을 갉아 먹는 괴물들을 밖으로 드러낼 수 있는 수단이었다.

이날 아침. 쥬느비에브는 엄마의 약장에서 수면제 한 병과 진통제인 아세트아미노펜 두 병을 몰래 빼돌렸다. 그 애는 캡슐과 알록달록한 알약 들이 든 다른 작은 병들을 고를 수도 있었다. 약장에는 상당히 많은 약들이 있었으니까. 하지만 용도와 효과를 알 길이 없었기에 익숙한 것들을 택했을 것이다. 엄마처럼 쥬느비에브도 종종 불면증과 편두통에 시달렸고, 그때마다 그 약들은 구원자 역할을 해 주었다. 그러니 이날이라고 뭐 다를 게 있었겠는가?

열다섯 번째 생일 전날이었다. 그야말로 이제 막 열여섯 번째 해를 시작할 참이었다.

언제나 부아클레르 가족은 쌍둥이의 생일을 성대하게 치렀다. 두 아이의 생일이 똑같다는 사실을 보상하기 위해서는 축하를 두 배로 해야 된다는 듯이.

그러나 쥬느비에브는 마음을 달리 먹었다. 그 애는 수영장에 설치된 스테레오가 음악을 연속 재생할 수 있다는 사실을 알고는 좋아하는 음악 시디를 가져다 놓았다. 그리고 자신과 함께할 곡을 골랐다. 아리안느 모파가 부르는 노래 가사가 머릿속에서 울리고 있었다.

"나는 아가미를 달고 내려간다네.
물속으로 들어가면, 그곳은 정말 아늑하지.
나는 내 안의 모든 것을 씻어 낸다네.

물속으로 들어가면. 마음이 얼마나 편안한지.
나는 넓은 바다에서 살기를 꿈꾼다네."

청소년기 내내 가사를 달달 외웠던 노래였다. 밝고 명랑한 분위기
의 노래였지만. 쥬느비에브의 입을 거치면 전혀 다른 것이 되었다.
마치 그 애만 아는 어둡고 이상한 부분을 그 노래에서 발견하기라도
한 것 같았다.

중학교 이학년 학생들로 이루어진 203팀이 수영장으로 들어섰을
때. 그 곡은 이미 여덟 시간 이상 반복 재생되고 있었다.

슬픔이 밀려들면, 나는 머리를 자른다.
뿌리에 닿으면, 나는 그 끝을 변화시킨다.
　나는 피가 나올 때까지 손톱을 바싹 자른다.
　나는 줄로 갈 듯 이를 닦고, 뼛속까지 비누칠을 한다.
　나는 끝에 도달하기 전에 멈춘다.
　위로를 거부한다고 생각해야지.

쥬느비에브 - 02. 1월 12일

(+나중에)

마침내 잠이 드는 순간으로부터 나를 떼어놓는
시간들을 헤아려 본다. 제발 잠을 잘 수만 있다면.
하루하루의 날들과 시간들이 견딜 수 없는 리듬으로
떨어져 나간다. 일 초 일 초가 영원처럼
지속된다는 느낌이 든다.
나를 붙잡는 이 지겨움은 언제까지 계속되려나.
나는 짙은 안개 속에,
한없이 나를 바닥으로 당기는 모래 늪에 빠져든다.
차이가 있다면 나를 삼키는 나만의 바닥이 없다는 것,
끝이 없다는 것.

낮인가, 밤인가? 모닝콜은 11시 11분이라고 알려 주었다. 나는 소원을 빌었다. 아무 소원이라도 상관없다. 이렇게 해서라도 이 지긋지긋한 하루에 약간의 희망이 생길 수만 있다면.

나는 할머니 댁에서 잤다. 엄마가 울부짖으며 나를 포함해서 손에 닿는 것은 무엇이든 때리고 부수려 했기 때문에, 아빠가 나를 이리로 태워다 주었다.

아빠는 내가 여기 있는 게 더 나을 거라고 했다. 그 말이 옳은지 나는 확신할 수 없다. 시간이 흐를수록 할머니의 입은 점점 커져 가는 분노로 일그러졌다. 할머니의 회색 눈은 마주치는 모든 것에 돌을 던졌다. 할머니는 침대에 앉아 삶을 저주하며 뜬눈으로 밤을 새운 것 같다. 할머니는 침묵 속에 갇혀 있다. 그 침묵을 나는 너무나 잘 안다. 그것은 엄마의 침묵이다. 그것은 그 무엇도, 그 어느 누구도, 엄마 자신까지도 가만히 내버려 두지 않는 폭풍의 전조다.

어제부터 사방으로 비난이 빗발쳤다. 누가 먼저 상대를 비난하는지 시합이라도 하는 듯했다. 할머니는 엄마에게, 엄마는 학교에, 학교에서는 부모님에게 비난을 퍼부었다. 엄마는 할머니가 썩은 유전자를 물려준 탓이라고 쏘아붙이기까지 했다. 엄마가 한 말은 이랬다. 자신을 썩게 만든 유전자이며, 자기 딸에게도 물려준 썩은 유전자라고.

어떤 이유 때문인지 모르겠지만, 엄마는 일부러 나를 빼놓는다. 마치 내가 존재하지 않는 것처럼 대한다. 쌍둥이 가운데 하나를 잃으면 둘 다 잃는 것이라는 듯 말이다. 둘 중 하나라도 없으면 안 되는 건 맞다. 오른쪽이든 왼쪽이든 한 짝을 잃어버리면 남은 신발은 더 이상 의미가 없다. 가장 견디기 힘든 것은 엄마 말이 전적으로 틀린 건 아니라는 사실이다. 한 명의 쌍둥이란 있을 수 없으니까. 이제 나밖에 없다. 나밖에.

셋

수영장은 물속 바닥까지 빛을 비추는 조명 시설을 갖추고 있었다.
쥬느비에브는 어두운 물속에서 수영하는 것을 무척 싫어했다. 그 애
는 밤의 호수나 흐린 강물이 주는 공포감을 너무나 잘 기억하고 있었
다. 자신의 발이 보이는 것, 그것이 쥬느비에브의 기준이었다.

사람들은 그런 모습이 우습다고 생각했다. 그렇게 뛰어난 수영 선
수가 어떻게 물에서 겁을 낼 수 있다는 거야? 그리고 대체 무엇이 무
섭다는 거지? 말도 안 되는 소리였다. 그것은 물속에서 호시탐탐 사
람을 노리는 괴물일 수도 있지만, 이름도 없고 알 수도 없는 어떤 힘
일 수도 있었다. 쥬느비에브는 그 힘이 자신을 바닥까지 끌고 내려가

다시는 수면 위로 올라오지 못하게 할 거라고 예감하고 있었다. 그 애에게 물은 행복의 근원이기도 했지만, 자신을 집어삼킬지도 모른다는 공포를 안겨 주는 어떤 힘이었다.

쥬느비에브는 지난해 생일에 엄마가 선물한 파자마를 가지고 갔다. 매년 생일이 되면 새 파자마를 선물로 받는 것이 가족의 전통이었다. 그런 관례를 만든 사람은 엄마인 잔느였다. 잔느는 쌍둥이의 첫돌 기념으로 그런 행사를 했다. 일에 치여 살던 젊은 시절의 잔느는 옷을 갈아입을 시간조차 없어서 아침부터 저녁까지 내내 플란넬 파자마를 입고 있었다.

쥬느비에브는 옷장에서 자신의 옷가지를 꺼내고 조심스레 개어서 비닐 가방에 넣었다. 아파트 관리인이 커다란 회색 쓰레기통 바닥에서 이걸 발견하게 될 것이다. 거기엔 쥬느비에브의 배낭도 들어 있을 것이다. 배낭에는 샤를르 보들레르의 시집 한 권, 여러 장의 데생과 밑줄을 그은 글들이 담긴 수첩, 언젠가 가족이 바닷가로 나들이 갔을 때 기념으로 주운 조개껍질들을 가루로 만들어 담아 놓은 조그만 주머니도 들어 있을 것이다.

물가에만 가면 쥬느비에브는 언제나 '발굴' 기회라며 조개껍질과 조약돌을 보물처럼 주우러 다니곤 했다. 즐거움은 그런 보물을 찾으러 다니는 순간의 강렬함 속에만 있었다. 자신이 내세우는 완벽함의 기준에 맞는 것을 찾아내면 그 애는 주머니나 가방 속에 집어넣었다.

그리고 곧바로 더 아름답고 더 매끄럽고 더 빛나는 보물을 찾아 나섰다.

쥬느비에브가 입던 옷의 주머니엔 빛바랜 조개껍질들과 흠집 난 조약돌들이 들어 있었다. 아빠는 세탁기 바닥에서 그것을 발견하고 무척 마음 아파했다. 하지만 아빠는 그것을 내버리지 않았다. 해변에서 주머니로 자리를 옮겼을 뿐인데, 한때 빛났던 사물들이 어떻게 보물에서 쓰레기로 전락할 수 있겠는가? 아빠는 딸이 버린 보물들을 하나하나 구두 상자에 넣어 두었다. 그런 상자들이 지하실에 쌓여 갔다. 행복한 추억들은 버리지 않는 법이다. 잊어버린 추억들도 마찬가지다.

쥬느비에브는 파자마 윗도리 오른쪽 주머니에 금발 머리카락 타래를 넣어 두었다. 쌍둥이가 돌이 되었을 때 엄마가 잘라 보관했던 것인데, 회색으로 변해 있었다. 가늘고 부드러운 그 머리칼은 옅은 푸른색 새틴 리본에 묶여 있었다. 까닭을 알 수 없었지만, 쥬느비에브는 그것에 푹 빠져있었다. 주머니에 들어 있는 머리카락 타래를 만지면서 안전하다는 느낌을 받았던 것은 아닐까.

스테레오를 켜고 파자마를 입은 다음, 쥬느비에브는 튜브가 달린 에어매트에 공기를 불어 넣으려 했다. 그 애는 전날 지하실에서 에어매트를 찾아왔다. 쥬느비에브는 고통을 조금도 느끼지 않고 목적을 달성할 수 있는 가장 확실한 방법을 오래전부터 생각해 왔다.

세상을 떠난다. 그러나 아무 고통 없이. 그런 면에서 잠은 언제나 소중한 도움을 주었다. 그것은 이전의 수많은 난파 과정에서도 충실한 부표였다.

수영장 가장자리에 앉아서 계속 에어매트에 숨을 불어 넣다 보니 어지러웠다. 쥬느비에브는 마개를 막고 잔잔한 물 위에 에어매트를 띄우고는 그 위로 올라가 등을 대고 누웠다. 시선이 천장을 향했다. 쥬느비에브는 천장의 세세한 모습을 훤히 꿰고 있었다. 전등 하나. 들보 하나. 벽에 난 구멍 하나만 보아도 자신이 수영장 어디쯤에 있는지 알 수 있었다.

쥬느비에브는 머리 위에 걸려 있는 작은 만국기들을 하나씩 하나씩 기계적으로 세어 보았다. 마지막 하나까지 다 세고 난 다음 용기를 내기 위해 한 번 더. 그리고 다시 한 번 더 셌다.

쥬느비에브는 조금 전에 알약이 든 병 세 개를 커다란 생수병과 함께 수영장 가장자리에 놓아두었다. 그 애는 팔꿈치를 딛고 천천히 몸을 일으키면서 물에서 다리를 빼내어 책상다리를 하고 앉았다. 그리고 하나씩 약병 뚜껑을 열어 터키 양식의 타일 위에 나란히 늘어놓았다. 수면제 알약을 꺼내 놓고 보니 타일과 색이 같았다. 허튼 소리일지 모르지만. 우리가 절망적으로 무언가에 매달릴 때에는 어떤 사소한 것들이 그런 계시를 보내 주기도 하지 않은가. 쥬느비에브는 수면제와 타일의 색이 같은 것조차 자신의 행동을 계속하라는 암시로 받아들인 듯했다.

모든 일이 터키 양식의 타일 위에서 천천히 진행되었다. 마치 쥬느비에브가 시간을 한 모금 한 모금 마시며 리듬에 맞추기라도 하는 것처럼.

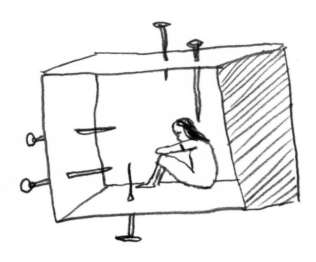

호수, 그리고 밤.
나는 내 삶의 한가운데에 홀로 있다.

쥬느비에브 - 02. 1월 15일

(+나중에)
나는 나를 그다지 사랑하지 않는다.
내가 다른 사람이었으면 좋겠다.
'나를 벗어난' 다른 곳에선 모든 게
더 나을 것 같다.

모든 사람이 다 그렇게 느낄까?
다른 사람들도 자신의 고독과 권태 안에 갇혀 있다면,

왜 모두들 그런 척하는 걸까?
모든 사람이 나처럼 아플 걸까?

어떻게 해 볼 수도 없이 우리를 저 밑바닥으로

끌어내리는 돌을
모두 목에 걸고 있는 걸까?

↓

그렇다면 왜 어떤 이들은 떠내려가고,
어떤 이들은 떠오르는 걸까?
왜 나는, 나는 떠오르지 않는 걸까???

전화벨이 계속 울린다. 할머니가 전화를 받지 않는데, 내가 괜히 받을 필요는 없다. 자칫 할머니 심기를 거스를 수도 있으니까. 할머니와 나는 배고프지 않았지만, 나는 우리 둘을 위해 무언가를 만들었다. 수프는 차갑게 식었다가 굳어 버렸다.

나는 소지품을 챙기러 집에 들렀다. 집에 들어가자, 아빠가 벌떡 일어나 나를 껴안았다. 너무 세게. 아빠는 어제와 똑같은 옷을 입고 있었다. 그런 다음, 한 마디 말도 없이 엎드려서 부엌 바닥을 닦기 시작했다. 어떻게 이런 순간에 바닥을 닦고 있을 수 있을까? 고개를 들어 보니, 아빠는 찬장도 닦아 놓은 것 같았다. 식기와 냄비, 그리고 많은 플라스틱 접시들이 선반 위에 차곡차곡 쌓여 있었다. 반짝반짝 빛나는 창문과 깨끗한 가전제품도 아빠가 어떻게 밤을 보냈는지 증명해 주고 있었다.

엄마는 보이지 않았지만, 엄마가 있었던 흔적은 거실 곳곳에서 느낄 수 있었다. 파티할 때 쓰려고 불어 놓았던 풍선들이 바람이 빠진 채 바닥에 널려 있었고, 리본 달린 선물용 상자 하나가 쿠션이 찢어진 의자 발치에서 나딩굴고 있었다. 상자에 난 구멍 틈새로 파자마 소맷자락 같은 것이 관절 꺾인 꼭두각시 인형의 팔처럼 삐죽 튀어나와 있었다. 또 다른 상자는 아무도 손대지 않은 듯 얌전하게 벽난로 가에 놓여 있었다. 내 선물이었다.

나는 옷가지를 챙기러 서둘러 계단을 올라갔다. 나는 되도록 아랫방을 보지 않으려 조심했다. 그런데 등 뒤로 내 방 문을 닫았을 때, 어떤 기억 하나가 문득 떠올랐다.

　　쥬느비에브와 내가 여섯 살인가 일곱 살 때다. 우리는 강가에 있는 오두막에 있다. 엄마는 행복한 시절에 보이는 미소를 띠고 있다. 우리가 강변에서 뛰어다니는 모습을 눈길로 뒤쫓고 있다. 그러는 것만으로도 또 다른 날들을 살아 볼 이유가 충분한 것이다. 아빠는 그런 모습을 흐뭇하게 지켜보고 있다. 쥬느비에브가 나를 물가로 데려 가려 하지만, 나는 고개를 젓는다. 그 애는 두 발을 모래밭에 파묻은 채로 나를 정면으로 바라본다. "함께 가지 않으면, 난 빠져 죽어." 나는 어깨를 으쓱해 보이고는 파라솔 아래에 있는 엄마에게로 돌아간다. 그 말을 듣지 못한 엄마는 비치 의자에 몸을 내맡긴 채 미소를 짓는다. 쥬느비에브는 어둡고도 고집스럽게 우리를 무시한다. 그러더니 모래밭에서 발을 빼내고 우리에게서 등을 돌려 물속으로 들어간다. 아무것도 하지 못한다는 무력감 때문에 나의 뺨 위로 눈물이 흐른다.
　　수면 위로 물거품이 일기 시작하자 아빠가 쥬느비에브를 찾으러 뛰어간다.

넷

쥬느비에브는 수영장 물에 발가락 끝을 적셨다. 얼음처럼 차가웠
지만. 그런 물에 익숙했다. 여러 해 동안 훈련을 하다 보니 마치 피부
가 한 겹 더 덮인 것처럼 추위라든가 소독약인 염소 따위에 면역이 되
어 있었다. 쥬느비에브는 서서히 물속으로 미끄러져 들어갔다.

아주 자연스럽게 쥬느비에브는 몇 차례 스트로크를 해 보았다. 규
칙적인 동작으로 수면을 가르는 팔다리를 느껴 보고 싶었다. 호흡을
할 때마다 폐가 약간 눌리는 듯한 느낌이 들었다. 눈에 보이지 않는
팔이 몸을 떠받치고 있는 것처럼 느꼈고. 물에 삼켜지지 않으려면 계
속 앞으로 나아갈 수밖에 없었다.

조금 지나면서 약 기운이 돌기 시작했다. 팔다리에 마비 증세가 나타났고, 머리가 지끈지끈해졌다. 쥬느비에브는 마지못해 물에서 나왔다.

열쇠가 없어서 잠수 장비가 들어있는 사물함 자물쇠를 억지로 열었다. 수영 코치인 제르맹이 꽤나 실망할 것이다. 그는 자신의 장비를 정말 애지중지하는 사람이니까. 쥬느비에브는 납이 달린 잠수용 벨트를 허리에 차면서 이런 사소한 일을 생각하고 있었다.

그런 다음, 쥬느비에브는 다시 수영장 한쪽 구석에 떠 있는 에어매트로 가서 그 위에 배를 깔고 엎드렸다. 파자마 가장자리가 물에 젖어 살갗이 차가웠다. 몸에 온기를 유지하기 위해 물고기 무늬가 있는 작은 에어매트 위에서 몸을 웅크렸다. 수영장 바닥을 밝히는 조명을 제외하면 수영장 전체가 어둠에 잠겨 있었다.

손을 두 개의 노처럼 저어서 쥬느비에브는 수영장 가장자리에 놓아둔 종이와 연필이 있는 곳으로 다가갔다. 그러고는 한참 동안 무엇인가를 썼다. 어둡고 칙칙한 생각들이었다. 언제나 거의 습관적으로 그런 생각들이 쥬느비에브의 머릿속을 스쳐갔다.

약 기운 때문에 슬슬 눈꺼풀이 감기기 시작하자, 쥬느비에브는 주머니에서 바늘을 꺼내 에어매트의 양 끝을 찔렀다. 그리고 나서 바늘을 수영장 바닥에 떨어뜨렸다. 두 개의 아주 작은 구멍을 통해 공기가 조금씩 빠져나갈 것이다.

몇 주 정도 지나 다른 수영부 학생이 사다리 아래에 끼어 있는 바늘을 발견하게 될 것이다. 그 학생은 어떤 계시라도 되는 듯 바늘을 주워 들 것이다.

몇 분이 흐르고, 몇 시간이 흘렀다. 쥬느비에브의 몸은 아주 조금씩 바람이 빠지고 있는 에어매트 속으로 움푹하게 빠져 들어갔다. 얼마 뒤에는 의식을 잃은 쥬느비에브의 머리만 아직 물 위에 남아 있었다. 그리고 서서히 두 발이 수영장 바닥으로 가라앉으면서 몸의 나머지 부분을 끌고 들어갔다. 두 팔이 위로 치켜 올려지면서 납을 단 벨트로 무거워진 쥬느비에브의 몸이 마침내 수영장의 차가운 물속으로 가라앉았다.

헐떡거리는 쥬느비에브의 폐에서 공기가 거품으로 빠져나와 수면 위에서 터졌다. 그리고 늦은 시각의 중학교 수영장이 그렇듯이 모든 것이 다시 조용해졌다.

작은 보트 아래
물에 빠져
죽은
시체로
발견된
어린 소녀.

쥬느비에브
02. 1월 17일

자신의 생활이 전과 같지 않을 거라는 사실을 엄마가 알게 된 것은 뒷집에 사는 경관의 입을 통해서였다. 엄마가 문을 열자, 뒷집 아저씨가 정복을 갖춰 입고 서 있었다. 그는 눈에 띄게 불편한 기색으로 무척 빠르게 말을 했는데, 엄마는 그의 입에서 튀어나오는 말들을 듣지 않으려 했다. 그러다가 엄마는 눈썹을 치켜 올리고 그런 일은 도저히 있을 수 없다고 대꾸했다.

"여보세요, 내 딸이 그렇게 쉽게 물에 빠져 죽을 리 없어요. 수영 선수라니까요. 내 딸은 친구 집에서 자고 온댔으니까, 분명히 아직 거기 있을 거예요. 그럼요. 그런 일은 절대로 있을 수가 없어요. 아시겠어요?"

마지막 몇 마디 말은 고래고래 소리를 지르다시피 했다.

그 순간, 무언가 잘못되었다는 것을 알아챈 아빠가 문간으로 달려갔다. 엄마는 뒷집 아저씨가 지금 바로 갈 거라고 하며 문을 닫으려 했다. 나쁜 소식을 가지고 온 사람의 코앞에서 문을 닫으면 그 소식을 쫓아낼 수 있기나 한 듯 말이다. 아빠는 엄마의 팔을 잡아당기며 다시 문을 열었다.

아빠가 뒷집 아저씨에게 들어오라고 했지만, 그는 다른 곳으로 갔으면 하는 것 같았다. 뒷집 아저씨가 나를 쳐다보았다. 스스로 확신을 갖고자 하는 눈빛이었지만, 그건 시멘트를 가득 채운 냉장고가 머리 위로 떨어지고 있는데 방어 수단이라곤 우산밖에 없는 사람의 눈빛 같은 것이었다.

　그 다음엔 모든 일이 빠르게, 너무도 빠르게 진행되었다. 잠을 자는 사람이 아무도 없다는 사실만 빼면 마치 꿈속 같았다. 모두 부엌 식탁에 둘러앉았다. 나는 양손을 식탁 위에 올려놓았다. 손을 어떡해야 할지 모르기도 했지만, 몸을 지탱할 그 무엇이 필요해서였다. 엄마는 기침 한 번 하지 않고 뒷집 아저씨가 조금 전에 말했던 내용을 나와 아빠에게 되풀이하는 것을 들었다. 그는 아주 간략하게 설명했다. 수영장, 익사, 검시, 신원 확인 같은 단어들이 머릿속에서 울렸지만, 나는 그 명확한 의미를 알수 없었다. 나는 아빠 엄마와 뒷집 아저씨를 차례로 바라보았다. 마침내 누군가 일어나서 이건 모두 꿈이라고, 이 모든 이야기는 사실이 아니라고 말해 주기를 바라면서.

　엄마는 의자에 엉거주춤 앉은 자세로 식탁 한복판에 자랑스레 자리 잡고 있는 아프리카 바이올렛의 시든 이파리들을 하나하나 떼어 내면서 웅얼거렸다.

　"모드 집에 있어. 쥬느비에브는 모드 집에 있어."

　아빠는 아무 말 없이 일어섰다. 그리고 전화번호부를 집어 들고 그 친구 집에 전화를 걸었다. 엄마의 눈에 극심한 공포감이 떠올랐다. 아빠가 전화기 저편에서 얻게 될 답을 미리 알고 있기라도 한 듯이. 뒷집 아저씨는 손가락에 낀 결혼반지를 초조하게 빙빙 돌리며 부엌 벽에 걸린 달력만 절망적으로 응시하고 있었다. 나는 그를 바라보며 희망의 징후를 찾고 있었다. 그게 무엇이라도 상관없었다. 하지만 그는 무력감에 눈을 내리깔았다.

아빠가 수화기를 내려놓았을 때, 아프리카 바이올렛에는 잎이 한 장도 남아 있지 않았다.

다섯

203팀이 수영 강습을 받기 위해 들어섰다. 학생들은 처음엔 바람 빠진 에어매트가 물속으로 비스듬하게 가라앉아 있는 모습만 보았다. 그 아래 수영장 바닥에 무언가 거무스름한 것이 있다는 걸 처음 발견한 사람은 수영 코치인 제르맹이었다. 밝은 빛깔의 긴 머리카락 타래가 보였다. 그는 학생들에게 떨어져 있으라 하고, 긴 장대를 가져와서 에어매트를 밀어냈다. 더 깊이 밀어 넣자 장대가 수영장 시멘트 바닥에 부딪치며 차가운 금속성 소리가 울려 퍼졌다.

그 소리는 두려움의 감정과 함께 학생들의 기억 속에 또렷하게 새겨졌다.

그제야 학생들은 수영장 바닥에 있는 어떤 소녀의 주검을 발견했다. 긴 금발머리가 해초처럼 소녀의 몸 위로 조용히 펼쳐져 있었다. 소녀는 플란넬 천으로 만든 파자마를 입고. 허리에는 납이 달린 잠수 벨트를 두르고 있었다.

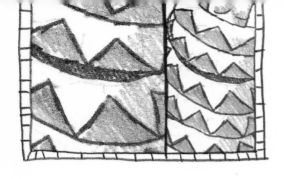

권태가 호시탐탐 나를 노린다.
먹잇감을 주시하는 포식자,
  나를 조이면서 숨 막히게 하는 힘.
    나는 죽음을 바랄 수밖에 없다.
마비된 듯
  길고, 육중하고, 느릿한 권태,

    삶이라는 그 권태를 피하고 싶다.

              쥬느비에브, 02. 1월 19일

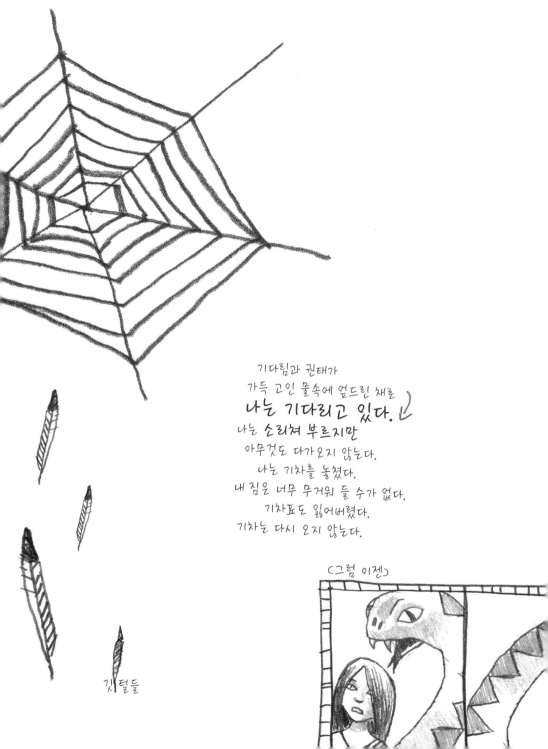

기다림과 권태가
가득 고인 물속에 엎드린 채로
나는 기다리고 있다.
나는 소리쳐 부르지만
아무것도 다가오지 않는다.
나는 기차를 놓쳤다.
내 짐은 너무 무거워 들 수가 없다.
기차표도 잃어버렸다.
기차는 다시 오지 않는다.

(그럼 이젠)

깃털들

1월 23일

영안실로 가야 했다. 그 일은 아빠가 맡아서 했다. 어떤 장면들이 내 머릿속을 떠나지 않는다. 초록색 천으로 덮인 동생의 시신과, 딸의 발가락에 묶어 놓은 꼬리표에서 시선을 떼지 못하는 아빠의 모습이다. 신원 확인이랍시고 매달아 놓은 초라한 꼬리표가 눈앞에 아른거렸다.

아빠가 돌아온 다음에야 나는 비로소 동생이 죽었다는 사실을 깨닫게 되었다. 그때부터 수압을 못 이기고 무너지는 댐처럼 엄마의 머리가 이상해졌다.

"내 어린 딸, 내 새끼."

엄마는 자기 앞에 끝없이 펼쳐진 허공을 바라보며 이런 말만 되풀이했다.

엄마는 완전히 현실감각을 잃고, 아빠는 엄마가 완전히 녹아서 흘러내리지 않게 하는 그릇 역할밖에 할 수 없다면 난 이제 어떻게 해야 할까? 내 심장과 하나인 것처럼 고동치던 심장이 이제 뛰지 않게 되었다면 어떻게 해야 숨을 쉴 수 있을까?

나는 나를 동생과 잇게 하는 방법이자 최후의 수단을 사용하기로 했다. 그것은 글쓰기이다. 내게 글쓰기란 침몰하는 배에서 탈출하기 위해 뗏목 위로 뛰어내리는 행위이다.

"행복과 나 사이에 자라는 어린 가지들을 천천히 기어올라
나는 마침내 여기에 이르게 되었다."

_에밀리 디킨슨

너에 대한 아무런 표지도 흔적도 없이

버려졌다.

길을 잃었다.

나의 한가운데에서.

나는 장례식장이 싫다. 내 동생은 관 안에 누워 있고, 관은 닫혀 있다. 그 애의 사진들이 관 뚜껑 위에 놓여 있다. 바닷가에서 찍은 사진, 메달 수여식 때 찍은 사진, 그리고 털이 보송보송한 우리 고양이 베를렌느의 등에 얼굴을 파묻은 것도 있다. 누가 저 사진들을 골랐을까? 나는 아빠일 거라고 생각한다. 저 사진들 가운데 하나로 들어가서 동생을 다시 만날 수 있다면 좋겠다. 미소를 띠고 있는 동생은 아름답고 생기가 넘친다.

쥬느비에브는 언제나 기분이 우울했다. 우리가 처음으로 학교에 갔던 날, 학교에서 우리를 떼어 놓았던 기억이 난다. 오전 수업이 끝나고 집으로 돌아왔을 때 나는 얼굴에 웃음이 가득했다. 주머니 속에는 내가 좋아하는 남자아이를 포함해서 새로 사귄 여러 친구들의 전화번호가 들어 있었다. 하지만 쥬느비에브는 뾰로통한 표정으로 말이 없었다. 그 애는 학교엔 사람이 너무 많고 너무 시끄럽다며, 더 이상 학교에 가고 싶지 않다고 투덜거렸다.

친구들과 일가친척들이 저녁 내내 줄을 이었다. 그러나 무슨 말을 어떻게 건네야 할지 아무도 모르고 있었다. 이제 막 죽음을 선택한 딸을 둔 아비와 어미에게 무슨 말을 한단 말인가? 사람들은 갑자기 말수가 줄어들었다.

나 또한 내 몸을 어디에 두어야 할지 알 수가 없었다. 모든 사람들이 내 시선을 피했다. 하긴 죽은 아이의 판박이와 마주한다는 것은 그들을 불편하게 만드는 일일 거다. 쥬느비에브와 나는 똑같이 생긴 일란성 쌍둥이다. 이제 나는 그 애의 무덤에서 멀리 떨어져 있는 셈이다. 그 애와 늘 함께 있기를 그토록 바랐건만.

나는 쥬느비에브를 무척 좋아했다. 오랫동안 우리는 우리 둘만 알 수 있는 비밀 언어를 사용했다. 문장을 구성하는 단어마다 하나의 음을 덧붙여 쓰는 것이었는데, 그 음은 매번 달랐다. 예를 들면 이런 식이었다.

"리나는 리너를 리좋아해, 리이 리늙은 리심술쟁이야."

여러 면에서 서로 다른데도 공범 의식 비슷한 것이 우리를 하나로 묶어 주었다. 일종의 상호보완이라고나 할까. 엄마가 즐겨 말했듯이, 내가 밝은 낮이라면 그 애는 어두운 밤이었다. 옷을 고르거나 여가 시간을 보내는 일, 친구를 고르는 일에 있어서도 우리는 한 번도 다툰 적이 없다. 우리의 취향은 모든 면에서 정반대였기 때문이다. 나는 언제나 단 것을 좋아했고, 그 애는 짭짤한 맛을 좋아했다. 나는 옅은 색깔의 옷을, 그 애는 짙은 색깔의 옷을 좋아했다. 나는 팝 가수들을 좋아했지만, 그 애는 샹송 가수들을 좋아했다. 무엇보다도, 나라면 결코 스스로 목숨을 버리지 않았을 것이다.

젊은 나이에 죽은 사람에게 사람들은 종종 이런 의문을 품는다.

'스무 살이나 마흔 살, 혹은 예순 살까지 살았다면 그는 어떤 모습일까?' 나는 내 동생이 어떤 모습일지를 가늠하게 하는 존재가 될 것이다.

하지만 그런 것은 겉모습에 지나지 않는다. 내면까지 같은 사람은 아니기 때문이다. 사람들이 내게서 보게 될 것은 동생과의 판박이 모습이 아니라, 동생이 내게 남기게 될 텅 빈 구멍일 것이다.

할 수만 있다면 나는 도망치고 싶었다. 내 동생에 대해 말도 되지 않는 소리를 지껄이는 바보 같은 신부님 말씀도 더 이상 듣고 싶지 않았다. 신부님은 그 애를 알지 못했다. 신부님은 고통을 설명하면서도, 고통에서 벗어날 수 있게 하는 그 어떤 말도 하지 못했다. 나는 우리를 위로하고자 하는 그 상투적인 표현과 공허한 말들이 싫었다. 나는 떠나고 싶었다. 완전히 허물어져 아빠에게 기대고 있는 엄마를 보고 싶지 않았고, 언젠가 쥬느비에브가 이웃집 개를 물었노라고 신부님보다 더 큰 소리로 이야기하는 아빠도 보고 싶지 않았다. 나는 화음이 맞지 않는 오르간 소리로도 가리지 못하는 엄마의 울음소리를 더 이상 듣고 싶지 않았다.

여섯

쥬느비에브가 죽은 다음 날, 그 애가 중학교 수영장에서 죽었다는 소식이 모든 교실에 돌았다. 온갖 이야기들이 학교 담장 안에서 돌았다. 병적인 소문도 있었고, 처음부터 끝까지 황당무계한 소문도 있었다. 그 가운데 가장 끈질기게 나돈 것은 다른 학교 수영장에서 이미 사람을 해친 바 있는 어느 미치광이가 쥬느비에브에게 억지로 염소를 마시게 한 다음, 기진맥진해서 쓰러질 때까지 수영을 하도록 했다는 소문이었다.

살인에 관한 추측과 그 밖의 허무맹랑한 시나리오들이 가라앉으면서 진실이 드러났다. 쥬느비에브 부아클레르가 자살했다는 것이었다. 이제 소문들은 쥬느비에브의 행동을 설명하려는 새로운 가정들로 대체되었다.

수영장은 당분간 폐쇄될 것이다. 얼마 동안 폐쇄될지는 아무도 알지 못했다. 몇몇 아이들은 수영장이 아예 문을 닫게 될 거라고 주장했다. 그리고 어떤 아이들은 앞으로 이곳에서는 절대로 수영하지 않겠다고 했다. 심리학자들로 팀이 꾸려져 쥬느비에브의 비극적인 죽음에 충격받은 학생들과 선생님들을 상담했다.

가장 심하게 후유증을 앓은 사람은 쥬느비에브의 수영 코치였던 제르맹이었다. 물속에서 자기 학생을 발견한 것도 충격이었지만, 무엇보다도 물 밖으로 꺼내기 위해 양팔에 안았던 시신의 무게에 대한 기억을 떨치기가 어려웠다. 이 기억은 이후 그를 짓누르는 죄책감으로 변했다. 이렇게 비극적인 일이 일어났는데도, 자신은 아무것도 보지 못했고, 어떤 것도 할 수 없었다는 죄책감이었다.

제르맹은 장례식에 참석하지도 못하고, 일주일 동안 집에 틀어박혀 끈질긴 편두통과 무거운 슬픔에 사로잡혀 있었다.

강의 밑바닥에선
더 이상 어떤 조약돌도 반짝이지 않는다.

빛나지 않는다.

모두 너를 추모한다.

엄마는 이제 자신의 그림자에 지나지 않는다. 아빠의 부축을 받아 가까스로 일어나서 쥬느비에브를 물었지만, 곧바로 쓰러지고 말았다. 엄마는 낮에는 종일 잠을 자고, 밤에는 내내 운다. 이따금 내가 문틈으로 들여다보면 악몽에서 막 깬 것처럼 놀란 기색으로 팔꿈치를 딛고 몸을 일으킨다.

"쥬느비에브니?"

"아냐, 엄마, 루안느야. 루안느라고요."

엄마의 방 앞을 지날 때면 나는 될 수 있으면 소리를 내지 않으려 한다. 차라리 내가 유령이면 좋겠다. 마주치는 모든 사람들에게 죽은 동생의 기억으로 존재하는 게 싫다.

아빠는 '블랑슈빌 부인'으로 변해 버렸다. 아빠는 먼지를 털고 때를 벗겨 낸다. 문지를 수 있는 아주 작은 부분까지 솔질을 하고 광을 낸다.

나는 다시 공부를 시작해야겠다고 생각했다. 하지만 아무도 내가 다시 학교를 다녀야 하는지 아닌지에 대해 신경 쓰지 않는 것 같다. 그렇게 하루하루가 지나가고, 나는 여전히 적응하지 못하고 있는 상태이다. 내 동생은 죽었다. 나는 끊임없이 이 말을 되풀이하지만, 이 말은 어떤 의미도 없다. 내 동생은 죽었다. 이 말은 울림이 좋지 않다. 마치 깨진 종이 머릿속에서 끊이지 않고 울리는 듯하다. 그 소리가 잦아들지 않는다.

내 동생은 죽었다.

내 동생은 죽었다.

내 동생은 죽었다.

최악인 것은 그 애가 어디 있는지 알지 못한다는 사실이다. 더 이상 육신이 존재하지 않는다는 것은 나도 잘 안다. 하지만 내 동생, 내 쌍둥이 동생인 쥬느비에브를 이루고 있던 것, 그것은 어디로 가 버렸을까?

언젠가 동생을 쇼핑센터에서 잃어버렸던 때와 비슷한 느낌이다. 나는 동생이 없어진 게 내 책임이라고 생각했다. 사람들 틈에서도 내가 손을 잡고 있었더라면 잃어버리지 않았을 텐데. 마치 내 몸의 절반을 떼어 낸 듯, 나는 그 애의 상실을 몸으로 느꼈다. 쥬느비에브가 넓디넓은 쇼핑센터의 어디에 있는지 모르겠지만, 그 애도 나처럼 몸의 절반이 떨어져 나간 듯 느낄 거라 생각했다. 나는 동생과 연결되어 있음을 알고 있었다. 하지만 그 애가 어디에 있는지 알 수 없었다. 나는 내 자신을 잃어버린 것만 같았다.

오늘도 마찬가지다. 쥬느비에브가 내게서 뜯겨지고 뽑혀져 헤매고 있는 것 같은데, 어디 있는지 알 수가 없다. 정말이지 나는 무언가 있다고 믿고 싶다. 천국이라든가, 아무튼 그 애가 안전하게 있다는 걸 알 수 있게 하는 어떤 곳 말이다. 하지만 나는 그 어떤 곳도 상상해 낼 수 없다. 그 애를 달래기 위해 품에 안아 줄 수도 없다. 너무나도 간절하게 그 애를 품에 안고 싶다. 이런 생각이 내 마음을 가장 무겁게 짓누르고 있다.

어제부터 수영장이 다시 문을 열었다. 마치 숨통이 트이기라도 하듯, 정상적인 생활이 다시 시작된다는 것을 사람들에게 알리는 신호였다. '삶은 계속되어야 한다.' 친구들도 모두 내게 그렇게 말한다. 마치 삶이 계속될 수 있기나 한 것처럼. 도대체 내 삶이 대피선 위에 있다는 것을 아는 사람이 아무도 없단 말인가? 내 삶이 동생의 죽음과 함께 괄호 안에 놓였다는 것을 아는 사람이 아무도 없단 말인가? 어떻게 아무 일도 없었다는 듯이 태연하게 역사 숙제를 하고, 버스를 기다리고, 파이를 주문할 거라고 기대할 수 있을까? 이젠 아무것도 의미가 없다. 내겐 모든 것이 메말라 버렸다. 나는 로봇처럼 살고 있다. 몸은 있지만, 나머지는 모두 다 사라져 버렸다.

모드와 발레리는 날마다 내게 전화를 한다. 하지만 판에 박힌 위로의 말 몇 마디가 끝나면 대화가 시들해지면서 이내 끊기고 만다. 나의 침묵이 무겁다는 말은 해야겠다. 나는 전화 통화하는 것을 좋아했다. 때로는 몇 시간씩 통화를 하기도 했다. 하지만 이젠 더 이상 어떤 대화도 나를 수화기에 붙들어 놓을 수 없을 것 같다. 절대로.

나는 잠시 동안 외할머니 댁에 가 있을 예정이다. 엄마는 그런 일 따위에, 심지어 스스로에 대해서도 신경 쓸 여력이 없을 것이다. 예전에도 엄마가 연약한 사람이라고 생각했지만, 동생의 죽음은 엄마를 완전히 무너뜨리고 말았다. 엄마는 일을 그만두고 기약 없는 휴가를 떠난 것만 같다. 어제 엄마의 동료들이 찾아왔지만, 엄마는 만나기를 거절했다. 엄마의 하루하루는 오로지 슬픔을 위한 것 같았고, 엄마는 자신에게 또 다른 딸이 있다는 사실조차 잊어버린 듯 했다.

집 안에서 할 수 있는 치료법을 다 쓰고 난 아빠는 이제 집의 외부를 공략하려 했다. 집에 페인트칠을 다시 할 마음을 먹고, 작업을 착수하게 되자 새벽까지 그 일에 매달렸다. 얼룩과 먼지를 닦아 내고 다시 칠해야 하는 삼나무 지붕널은 66,973개나 된다. 아빠는 고통에서 벗어나 오래 도록 도피할 수 있는 확실한 수단을 발견한 것이다.

일곱

할머니는 자기 딸이 밥이라도 제대로 먹고 있는지 확인하기 위해 날마다 집으로 찾아왔다. 잔느는 자기 어머니가 만들어 주는 수프 말고 다른 것은 한사코 입에 대지 않으려 했다. 간단하기 짝이 없는 음식이었다. 약간의 채소와 국수 몇 가닥을 넣은 닭고기 수프였다. 하지만 그게 사람의 마음을 가라앉히는 효력이 있다고 생각할 수밖에 없다.

모녀 사이에 대화는 별로 없었다. 하기야 무슨 말을 나눌 수 있을까? 죽을 정도로 사람을 괴롭히는 '왜?'라는 물음이 두 사람의 머릿속에서 핑퐁 게임처럼 오갔지만. 어느 쪽에서도 답은 나오지 않았다.

왜 쥬느비에브는 스스로 목숨을 끊었을까? 그들이 무슨 짓을 했기에, 또는 무엇을 해 주지 않아서 죽고 싶은 마음이 든 것일까? 누구의 잘못이란 말인가? 왜 그 애는 아무 말도 하지 않았을까? 어떻게 두 사람 모두 아무것도 보지 못했단 말인가? 하지만 어떤 대답도 쥬느비에브를 다시 살려 내지 못할 것이다. 잔느의 머리맡에는 분노와 슬픔, 그리고 무력감이 번갈아 가며 자리 잡았다.

할머니는 수프를 데워 언제나 같은 그릇에 담아서 자기 딸에게 가져다주었다. 할머니는 커튼을 열어젖히고 방바닥에 널려 있는 젖은 손수건들을 치웠다. 그런 다음 잠시 침대 발치에 앉았다가 돌아갔고, 다음 날 다시 와서 똑같은 일을 반복했다. 수프를 데우고, 커튼을 열어젖히고, 젖은 손수건들을 주웠다.

어느 날 아침, 할머니는 딸의 머리맡에 봉투 하나를 내려놓았다. 봉투에는 가는 필체로 잔느라는 이름이 적혀 있었다. 할머니는 치마 주름을 펴고 태피스트리의 꽃무늬들을 한참이나 뚫어지게 들여다보았다. 그리고 자기 딸이 잠을 자는지 어쩐지는 알 수 없었지만, 말을 걸었다.

"너도 알겠지만, 나는 제대로 말하는 법을 모른단다."

할머니는 자리에서 일어나 몸을 의지할 것을 찾는지 잠시 두리번거렸다. 그러고는 창가로 걸어가서 버스 정류장을 바라보았다. 그렇게 하면 말을 꺼낼 수 있을 것 같았다.

"그래서 네게 편지를 썼어."

할머니는 다시 한 번 치마 주름을 펴고 목청을 가다듬었다.

"편지는 네 옆에 두었다."

할머니는 그렇게 얼버무리고 딸의 방에서 나와, 집 밖으로 향하는 층계의 계단들을 급하게 내려갔다.

잔느는 자고 있지 않았다. 잔느는 편지를 집어 들어 자신의 얼굴에 가져다 댔다. 어머니 집의 냄새가 배어 있었다. 잔느는 편지를 베개 위에 올려놓고 방에 걸린 태피스트리의 842개나 되는 꽃무늬를 다시 세기 시작했다. 천 번째로 세는 것이었다.

지금 내 안의 어딘가에서
강과 시냇물이
생겨나고 있다.
　　강과 시냇물은 실어 나른다,
　　시체와 밑 빠진 배들을.

나는 이제 발이 없어
아무 데도 갈 수가 없다.

마침내 다시 수업을 듣게 되었다. 친구들은 나를 피한다. 자살한 쌍둥이 동생의 언니라는 사실이 내 주변에 빈 공간을 만들어 내는 능력을 가지게 된다는 건 정말 웃기는 일이다. 마치 내가 걸음을 옮길 때마다 땅이 갈라져서 나와 세상 사이에 균열을 만드는 것처럼 말이다. 내가 다가가면 아이들은 수군대다가 입을 다물고 눈을 내리깐다.

심지어 내 친구 카미유의 엄마는 자기 딸에게 나하고 말을 하지 말라고까지 했단다. "미안해." 멍하게 사물함 앞에 서 있는 나를 두고 떠나면서 카미유가 찾아낸 것은 고작 이 말였다. 마치 자살이 입에서 귀로 옮겨질 수 있는 전염병이라도 되는 듯이.

내 동생이 바퀴가 열여덟 개 달린 트럭에 치인 거라면, 야외에서 자다가 어떤 바이러스에 감염이 된 거라면, 아니 차라리 24시간 안에 사망에 이르게 되는 희귀한 불치병에 걸린 거라면, 사람들은 분명 격려가 될 말과 행동들을 찾아냈을 것이다. 하지만 동생이 바퀴가 열여덟 개 달린 트럭을 안전벨트도 매지 않은 채 시속 150킬로미터로 몰고 가다가 브레이크를 밟지 않고 시멘트벽을 정면으로 들이받았다면, 사람들이 충돌 사고의 생존자들에게 뭐라고 말할지 알 수 없는 일이다.

어쨌거나 나는 신경 쓰지 않는다. 사람을 샅샅이 훑어보는 그 가증스런 시선들과 수군대는 말들, 그리고 값싼 동정심으로 가득한 교활한 심리학자 같은 태도들. 이런 것들과 함께 다들 지옥에나 가라지. 내가 지나치는 곳마다 동정심이 역겨운 냄새를 풍긴다. 역겹다! 역겹다! 역겹다!

내 머리 위로 비문이 둥둥 떠다니고, '완전 외톨이'라는 단어가 매트리스 바겐세일 광고처럼 붉은색 네온으로 깜빡거리고 있는 것 같다.

쥬느비에브, 네가 밉다. 너를 미워할 권리가 내게 없다는 건, 너를 미워하는 것을 부끄럽게 여겨야 한다는 건 나도 잘 알아. 하지만 나를 여기 내버려 둔 네가, 나를 두고 혼자만 가 버린 네가 얼마나 미운지 너도 알 수만 있다면.

너는 한 마디 말도 없었어. 왜 내게 말하지 않았니? 그랬더라면 너를 돌봐 주었을 텐데. 내가 알았더라면 너를 막았을 텐데.

이제 누가 너를 보살펴 줄까?

잔느는 어떤 날엔 자리에서 일어나 집 안을 이리저리 돌아다닌다. 방마다 쥬느비에브의 흔적으로 가득하다. 스케치 한 점. 사진 한 장. 면으로 만든 윗도리. 가죽 구두. 자크는 아무것도 손대지 않았다. 아직은 누구도 감히 손대지 못하지만. 어차피 치워야 할 것들이다. 모조리 상자에 넣어야 한다. 쥬느비에브는 돌아오지 않을 테니까.

잔느의 몸에는 딸이 자신의 삶을 거쳐 간 흔적들이 남아 있다. 주름살 하나. 흰 머리카락 한 올도 첫 해에 하얗게 지샌 밤들을 잊지 않았다. 살갗도 자신의 손으로 감쌌던 딸아이의 작은 손을 쉬이 잊지 못하고 있다. 등에 업었을 때 허리에 느껴지던 아이의 무게. 아이가 잠

잘 때 목에 와 닿던 따스한 숨결도.

밤에 부엌으로 내려가 쥬느비에브를 위해 상을 차리는 일도 가끔 있다. 잔느는 쥬느비에브가 항상 앉던 자리에 그릇을 놓고 아이의 몸무게에 눌려 움푹 들어간 짚방석을 물끄러미 바라본다. 사람이 떠난 후 남은 것이 저게 다란 말인가? 몸무게가 가구에 남긴 추억이. 신발 안쪽에 남은 발의 자국이. 연필 끝에 남은 잇자국이?

기도한다.

믿는다.

이렇게 죽지 않기 위해서라도.

며칠 전부터 나는 똑같은 꿈을 꾼다. 꿈속에서 나는 해변이나 끝이 보이지 않을 만큼 멀리 뻗은 도로 위에 서 있는 쥬느비에브를 본다. 그 애는 혼자 걷고 있다. 비가 오는지 머리칼과 옷이 흠뻑 젖어 있다. 하지만 빗방울은 하나도 보이지 않는다. 그 애가 걷고 있는데, 발자국이나 흔적은 전혀 없다. 땅바닥에도, 모래 위에도.

나는 쥬느비에브를 부른다. 그 애는 대답하지 않는다. 쏟아지는 빗소리가 내 귀를 가득 채운다. 거세게 부는 바람과 후려치듯 내리는 빗소리가 내 머릿속을 울린다. 그런데 날씨는 화창하고, 내 피부에 와 닿는 햇볕이 따갑게 느껴진다.

동생에게 가까이 다가갈수록 머릿속에서 시끄러운 소음이 점점 더 커진다. 언제나 바로 그 순간에 잠에서 깬다. 물기에 흠뻑 젖은 듯 야릇한 감각에 사로잡혀 오싹 몸을 떨면서.

나의 딸 잔느에게.

마음을 정하기까지 너무도 오랜 시간이 걸렸구나. 어쩌면 너무 늦었는지도 모르겠지만. 그래도 이젠 결정을 내려야겠다. 너와 루안느를 위해서 말이다. 내가 망설였던 것을 이해해 주렴. 내가 이 편지를 몇 번이나 쓰고 또 다시 썼는지 너는 짐작하지 못할 거야.

우선 내 이야기를 조금 해야겠다. 그러고 싶어서가 아니라. 너도 조금은 관계가 있기 때문이란다. 우리 집안의 어떤 사연들은 마치 스펀지처럼 모든 것을 빨아들이면서 대대로 전해 내려오는 것 같구나. 하지만 어느 순간이 되면 거기서 고인 물을 짜낼 줄 알아야 한단다. 우리 것이 아닌 물의 무게를 이고 가지는 말아야겠지.

나의 어머니는 의기소침한 분이었고. 할머니도 그랬단다. 너에게 이런 얘기를 해 준 적은 별로 없지만. 너도 많은 부분을 짐작하고 있을 거다. 어머니는 자식을 원하지 않으셨던 것 같은데. 그때는 선택을 할 수 없던 시절이었지. 그래서 그분은 아들 셋과 딸 둘을 차례로 두게 되었단다. 그런데 나보다 나을 게 없었던 오빠들은 힘든 시절을 잘 견뎌 내지 못했어. 우울증이 나와 여동생의 삶을 힘들게 했다면. 오빠들의 삶에서는 범죄가 그 역할을 했다는 점만 다를 거야.

내 여동생인 베르트는 젊은 나이에 죽었어. 그건 너도 알고 있겠지. 하지만 네가 모르는 것이 있어. 12월의 어느 날 저녁에 베르트가 얼어붙은 호수 위를 걸었는데. 빙판이 몸무게를 지탱하지 못했지. 하지만 나는 내 동생이 그럴 줄 알고 있었다고 확신하고 있단다.

베르트가 죽고 얼마 지나지 않아 나는 결혼했다. 나는 떠나고 싶었던 거야. 가급적 빨리. 그러고 나서 네가 태어났단다. 나는 임신하지 않으려고 온갖 노력을 다 했다. 아이를 원치 않았기 때문이지. 무엇보다도 나는 딸을 낳고 싶지 않았단다. 너도 이 사실을 알고 있었다고 생각하는데. 그렇지 않니?

할 수만 있다면 이 편지를 갈기갈기 찢어 불태우고 싶구나. 하지만 이 일을 너에게 꼭 말해 주어야 한다고 생각했다.

내가 엄마 노릇을 제대로 하지 못했다는 것은 나도 알고 있었다. 그래서 아직 한참 어린 너를 기숙사에 보냈던 거란다. 하지만 나의 계획이 제대로 이루어진 것 같지는 않다. 가능하면 너를 내게서 멀리 떼어 놓으려고 그토록 애를 썼지만. 너는 나의 어둡고도 불안정한 기질을 물려받아.

이렇게 여러 해가 흘렀고. 나는 시간이 해결해 주리라 믿었다. 그러나 물과 관련해서는 시간이 아무것도 해결해 주지 않더구나. 물은 어디에나 스며들어 둥지를 틀고, 결국엔 그 안에 가둔 것을 썩게 만들지. 시간이란 것은 우리를 움켜쥐고 있는 책임으로부터 벗어나기 위한 핑계에 지나지 않아.

네가 쌍둥이를 낳고. 나는 조금이나마 만회를 할 수 있으리라 생각

80

했다. 네게는 한 번도 제대로 하지 못한 엄마 역할을 그 아이들에게 해 줄 수 있다고 믿었던 거야. 왜 친자식보다 손녀들을 사랑스럽게 대하는 게 더 쉬운지, 그 까닭을 설명하기 어렵구나. 하지만 엄마 노릇을 제대로 하지 못했어도 할머니 노릇만은 망치지 말아야겠다고 항상 생각했었다. 그래서 오늘은 할머니의 자격으로 이 편지를 쓰고 있는 것이란다.

나는 쥬느비에브에게 일어난 일을 두고두고 후회하게 될 거다. 하지만 아무것도 해 보지 않고 네가 그렇게 무너지도록 내버려 둔다면 더욱 후회하게 될 것 같다. 잔느야, 너에겐 딸이 또 하나 있지 않니. 루안느는 동생을 잃으면서 자신의 짝인 동시에 자신의 절반을 잃은 거란다. 그러니 루안느가 엄마마저 잃지 않도록 다시 일어서렴. 그렇게 해야 해. 네가 움직이지 않으면, 그 아이도 놓치게 될지도 몰라. 너에겐 능력이 있단다. 그 아이를 위해서, 그리고 너를 위해서 하는 말이다.

폴린

추신 : 이 편지 끝에 엄마라고 쓰고 싶었지만, 아직까진 내게 그럴 권리가 없는 것 같다. 하지만 언젠가는 그럴 수 있게 되면 좋겠다.

아홉

잔느는 이 편지를 침대 위에 내려놓았다. 편지를 읽으면서 마음속
에서 댐이 허물어졌다. 오래전부터 쌓인 모든 물이 마침내 길을 찾
아 흘러갈 수 있을 것 같았다. 잔느는 수화기를 들고 전화번호를 눌
렀다.

"엄마?"

"……."

잔느는 자신의 어머니를 언제나 폴린이라는 이름으로 불렀다. 그
것은 스스로도 어느 정도 거리를 둔다는 걸 나타내는 방식이었고, 또
그 어머니가 딸과 유지하던 방식이기도 했다.

폴린은 일이 이렇게 풀릴 거라고는 기대하지 않고 있었다. 자신이 쓴 편지가 딸과 손녀에게 도움이 되리라 생각했지만, 자신에게도 그럴 줄은 몰랐다. 60년 정도의 세월을 살다 보면, 삶을 억눌러 온 것에 맞서 더 이상 아무것도 할 수 없는 법이다. 하지만 폴린은 자신의 딸이 방금 중얼거리듯 내뱉은 말에 숨이 턱 막히며 아무 소리도 낼 수 없었다.

두 사람은 한참 동안 울면서 많은 이야기를 나누었다. 때로는 말문이 막히기도 했다. 마침내 전화기를 내려놓을 즈음에는 두 사람 사이에, 그리고 두 사람의 가슴속에서 무언가가 꿈틀거리는 것 같았다. 처음엔 아주 작은 것 같았는데, 어느새 커다랗게 자라났다. 잔느의 고통은 다른 넓이를 지니게 되었고, 폴린의 고통은 표현할 수 있는 말들을 찾게 되었다. 마침내.

너의 침묵
나의 침묵

수영장 바닥에서 껴안은 두 개의 침묵.

오늘 밤에도 나는 똑같은 꿈을 꾸었다. 흠뻑 물에 젖은 동생을 바라보면서도 소리 내어 부르지 못하는 꿈이다. 하지만 오늘 밤에 다른 게 있다면 흠뻑 젖은 사람이 나라는 점이다. 젖은 옷이 묵직했다. 무거운 물기가 자꾸만 바닥으로 당기는 바람에 걷는 데 애를 먹었다. 내가 앞으로 가면 갈수록 바다는 뒤로 물러났다. 나는 물의 무게에서 자유로워지고 싶었지만, 계속 가라앉고 있었다.

쥬느비에브가 거기에 있다는 느낌이 들었지만 모습이 보이지 않았다. 입을 열었지만 내 입에선 아무 소리도 나오지 않았다. 돌아가고 싶었지만 발이 말을 듣지 않았다. 내 발은 그저 앞으로 가는 법만, 그리고 뒤로 물러나는 바다를 향해 가는 법만 알았다.

영원처럼 느껴지던 짧은 순간이 지나고, 물이 차오르기 시작했다. 나는 무섭기도 했지만 괜찮았다. 왜냐하면 곧 뜨게 되리라는 것을 알고 있었기 때문이다. 물이 머리 위까지 차오르는 순간 잠에서 깼다. 하지만 내 몸은 떠오르지 않았다.

열

딸의 죽음 이후. 하루 세 번의 식사에서 자크가 먹는 것은 토스트
가 전부였다. 냉장고에 다른 것이 없어서가 아니라 ―평소처럼 버스
운전은 계속했다. ― 삼킬 수 있는 음식이라곤 그것이 전부였기 때문
이었다. 자크는 끼니때마다 토스트 두 개를 준비했다. 대개 그중 하
나는 그대로 남았다가 동료들이 남긴 음식과 함께 쓰레기통으로 직
행했다.

자크는 이층에 있는 서재로 자신의 잠자리를 옮겼다. 아내인 잔
느의 고통이 너무 커서 함께 생활하는 공간의 대부분을 차지하고 있
었기 때문이다. 그래서 옹색한 서재 공간 맨바닥에서 자는 편이 더

나았다. 이런 상태가 영원히 지속되지는 않을 것이며, 언젠가는 자신과 아내도 수면 위로 올라와야 한다는 사실은 알고 있었다. 그러나 지금은 어떻게든 아내의 슬픔 가장자리에 머물고자 했다.

자크가 그날의 두 번째 토스트를 준비하고 있을 때, 잔느가 부엌에 모습을 나타냈다. 모습이 창백했다. 잔느는 바지와 셔츠를 입고 머리를 질끈 동여매고 있었다. 여러 날 동안 누워만 있다가 처음으로 자리에서 일어난 것이었다. 아내는 남편을 향해 미소를 지어 보이려고 얼굴 근육을 힘주어 모았다.

잔느는 힘겹게 식탁의 동그란 의자에 앉아서 남편이 건네는 토스트를 받았다. 두 사람은 한 마디 말도 나누지 않았다. 잠시 후 잔느가 일어나 창밖으로 눈길을 돌렸다. 날이 흐렸다. 남은 평생 동안 계속 날이 흐릴 것만 같았다. 그런 생각을 떨치기 위해 반쯤 얼어붙은 빨랫줄 위에 매달린 빨래집게들을 세어 보려고 했다. 바람 때문에 흔들리는 빨래집게들을 세 번이나 셌다. 그런 뒤에는 무엇을 해야 할지 몰라 부엌에서 맨발로 우두커니 서 있었다.

"오늘이 무슨 요일이야?"

"금요일이야. 커피 줄까?"

"음?"

"커피 마실래?"

자크는 잔을 집어 들었다.

"아니, 괜찮아."

자크는 잔을 내려놓고, 그 와중에도 찬장의 희미한 얼룩 몇 개를 닦아 냈다.

"루안느는 어디 있어?"

잔느가 물었다.

"학교 갔어."

"음."

잔느는 남편과 함께 앉으려고 식탁을 빙 돌았으나, 생각을 바꿔 다시 자신의 방으로 돌아갔다. 자크는 아내가 손도 대지 않은 토스트를 치워 버리고, 이번 주 들어 벌써 세 번째로 냉장고 안을 청소했다. 몇 분 후 잔느가 현관을 나섰지만, 그는 전혀 모르고 있었다.

끊임없이 드는 같은 의문들

언제나 똑같은 의문들,
　끝없이 쉼 없이 드는
똑같은 의문들.

하지만 내가 할 수 있는 대답은 나의 고통뿐이다.

일주일 전부터 그 남자애는 학교 복도 어디서건 나를 훔쳐보고 있었
다. 매순간 나는 나를 뒤쫓는 그 시선을 느꼈다. 오늘 아침에는 더 이상
견딜 수가 없었다. 우리에 갇힌 실험용 동물처럼 누군가 나를 관찰하도
록 내버려 두고 싶지 않았다. 그래서 가던 방향에서 벗어나 그 애가 있는
테이블 앞으로 가서 섰다.

아무 말도 하지 않고, 이번에는 내가 그 애를 살펴보았다. 나보다 상급
생이었다. 중학교 4학년이나 5학년쯤 되는 것 같았다.

"왜 내가 가는 곳마다 쫓아다니는 거야?"

"너를 쫓아다니는 게 아니야."

"그럼 내가 꿈이라도 꾸고 있다는 거야? 며칠 전부터 나를 관찰하고
있잖아. 내게 원하는 게 뭐야?"

그 애는 먹던 샌드위치를 내려놓고 내 눈을 빤히 바라보았다. 나는 그
애가 내 속마음에서 나도 모르는 무엇인가를 읽고 있는 듯한 느낌을 받
았다. 나는 흠칫 놀랐지만, 그렇게 보이지 않으려고 애썼다.

"나는 네가 무엇을 보고 있는지 알아."

그 애가 툭 말을 던졌다.

나는 팔짱을 꼈다. 어찌나 주먹을 꽉 쥐었는지 손톱이 손바닥에 박히
는 느낌이었다. 그거란 말이지. 내가 원하지도 않는 망할 놈의 동정심을

표하려는 자가 또 한 명 나타났군. 나는 아무 대꾸도 하지 않았다. 가슴이 터질 정도로 울부짖고 고함을 지르고 싶은 마음뿐이었다.

"나도 겪어 봤기 때문에 알아."

나는 꺼지라고, 내가 지금 겪고 있는 일은 너와 아무 상관이 없다고 말할 참이었다. 하지만 그 애의 눈 속의 무언가가 나를 붙잡았다. 나는 당장이라도 물어뜯을 것처럼 입을 앙다물고 그 자리에 서 있었다. 그러다가 갑자기 곤봉으로 맞기라도 한 것처럼 털썩 주저앉고 말았다. 내 어깨가 몸속으로 파고들고, 몸이 의자 안으로 빠져드는 것만 같았다. 고통이 내 온몸을 휩쓸었다. 나는 이제 맞설 용기가 나지 않았다. 이런 내 모습을 그 애는 이야기를 계속하라는 신호 같은 것으로 받아들인 모양이었다.

"내가 여덟 살 때 아빠가 자살하셨어. 머리에 대고 총을 쏘았지. 사람들이 아빠를 발견했을 때, 나는 그 자리에 없었어. 그래서 아빠의 시신은 본 적이 없어. 하지만 나는 몇 년 동안 거리 곳곳에서 아빠를 보았어. 지나가는 사람들에게서 아빠의 걸음걸이, 아빠가 모자를 쓰는 방식 따위를 본 것만 같았어. 영화관에서 아빠의 웃음소리를 듣고 화들짝 놀란 적도 있었어. 하지만 아빠는 아니었지. 나는 아빠가 나를 혼자 두고 가 버렸다는 사실을 받아들일 수가 없었어. 나를 찾으러 돌아올 거라고 철석같이 믿었거든."

그 애는 눈을 들어 나를 바라보며 덧붙였다.

"나를 믿어. 나는 네가 무엇을 보는지 이해해."

나는 눈을 내리깔았다. 뭐라고 말해야 할지 알 수 없었다. 어떤 말도 어울릴 것 같지 않았다. 내가 먼저 그 애의 손을 잡았는지, 그 애가 먼저 내 손을 잡았는지 지금도 생각나지 않는다. 분명한 건 쥬느비에브가 죽고 나서 처음으로 내가 살아 있다는 느낌을 받았다는 것이다.

"이름이 뭐야?"

"루안느."

"나는 시몽이야."

열하나

14시 15분경. 자크는 현관의 수납장에서 신발들을 꺼내 죽 늘어놓았다. 그리고 그 가운데에 누워서 골똘히 생각에 빠져 있었다. 자크는 신발들을 치수대로 정리할 것인지 색깔대로 정리할 것인지 한동안 망설였다. 그러다가 치수대로 정리하기로 결심을 굳혔을 때. 전화벨이 울렸다. 루안느가 다니는 학교의 교감이었다. 교감은 루안느가 오후 수업에 들어오지 않았다고 했다.

그런 얘기를 듣고도 자크는 그리 화가 나지 않았다. 큰아이도 힘든 시기를 겪고 있을 테니까. 하지만 가끔 이 애가 어떻게 다시 학교에 다닐 수 있게 된 건지 궁금하긴 했다. 오늘은 오후 수업을 빼먹고 시내를 쏘다니고 있을지도 모르는 일이었다.

하지만 이번엔 장모가 전화를 걸었다. 진작 학교가 파했을 텐데 루안느가 돌아오지 않았고, 아무 연락도 없다는 내용이었다. 자크는 이 상황을 아내에게 알려야겠다고 생각했다. 19시가 되었으므로, 30분 뒤에는 4교대 작업을 위해 집을 나서야 했다.

계단을 올라가면서도 자크는 아직 별다른 걱정을 하지 않고 있었다. 큰아이는 종종 부모에게 미리 연락하지 않고도 친구네 집에 가서 저녁을 먹곤 했기 때문이다. 불길한 생각에 사로잡히는 것은 평소 성격과도 맞지 않았다. 그런데도 계단 끝에 다다랐을 즈음에는 몇몇 나쁜 상황를 떠올리지 않을 수 없었다.

그런 생각들을 지우려 애쓰면서 자크는 아내의 방을 노크했다. 대답이 없었다. 자크는 조심스럽게 손잡이를 돌리고 문틈으로 고개를 들이밀었다. 그때 눈에 들어온 광경은 얼마 전부터 잠식해 오던 공포심을 더욱 더 키울 뿐이었다. 아내가 침대에 없었던 것이다.

고인 물을 뒤집어 엎는다.
수렁을 휘젓는다.
아래로 가라앉는 것을 막는다.
　　　걸어서 바다를 건너면서

그 뒤로는 모든 것이 빠르게 진행되었다. 시몽은 내게 걷자고 했다. 그런 건 나도 좋았다. 함께 걸으며 이야기하기, 걷기, 이야기하기, 이야기하기, 걷기.

갑자기 영원히 잃어버린 것 같았던 말하는 방법을 되찾은 느낌이었다. 쥬느비에브의 죽음 이후 어떤 말도 입 밖으로 나오지 못할 것만 같았다. 마치 모든 말이 목구멍 안에 사로잡혀 있는 형벌을 선고받은 것만 같았다. 말을 할 수 없었다. 그런데 갑자기 목소리가 낱말들을, 그 모든 낱말들을, 여러 날 여러 주 동안 나를 아프게 하면서 망치로 머리를 내려치듯 두드리던 모든 단어들을 다시 찾아냈다.

시몽은 기침 소리 한 번 내지 않고 모든 것을 담담하게 받아들여 주었다. 시몽은 나를 두려워하지 않았다. 그 애도 알고 있었다. 숨 쉴 때마다 느껴지던 고통, 가슴 속에 뻥 뚫린 듯한 구멍, 결코 끝나지 않을 것처럼 나를 짓누르던 외로움을 그 애도 가지고 있었다. 아니, 그 이상의 것도 가지고 있었다. 나는 시몽이 그런 것을 견뎌 냈다는 사실을 깨달았다. 그렇다면 그렇게 견디고 살아갈 수 있는 방법이 있긴 있단 말인가? 물에 빠져 죽는 누군가에게 끌려가지 않을 수도 있단 말인가?

나는 시몽의 모든 것을 이해하고 싶었다. 그 애의 고통, 상실감, 외로움을. 그 애의 것은 어느 정도 나의 것이기도 했으니 말이다. 그리고 나는 그 애가 다시 빛 속으로, 물위로 떠오른 그 시간들을 알고 싶었다. 누군가 내게 길을 보여 주기를 원했고, 다시 자유로워지기를 소망했고, 결국 물 밖으로 머리를 내밀고 싶었다.

우리가 대화를 그칠 즈음에는 어느새 밤이 되어 있었다. 우리는 한참을 걸어 라퐁텐 공원 가까이에 있는 어느 벤치에 이르렀다. 내 시계는 21시 40분을 가리키고 있었다. 나는 잊고 있었다. 저녁 식사를 하는 것도, 할머니에게 연락을 하는 것도 잊고 있었다. 뒤늦게 연락을 해 보았지만, 할머니는 전화를 받지 않았다. 집으로도 연락을 해 보았지만, 역시 통화가 되지 않았다. 아빠는 일을 나가셨을 것이다. 엄마는 여전히 이불을 덮은 채 쓰러져서 마음속의 악마들과 싸우고 있겠지. 그렇다면 내가 없어진 것을 아무도 눈치 채지 못했을 것이다.

열둘

잔느는 외투를 걸치고 걸었다. 오랫동안 걸었다. 발걸음이 자연스럽게 물가로 이끌었다. 비지타시옹 공원이 계획에 적합할 것 같았다. 그것은 자신의 고통을 물에 넘겨주는 일이었다. 프레리 강이 마음을 가라앉혀 주리라.

잔느는 조금이라도 마음의 평온을 얻기 위해 가능한 모든 것을 시도해 보았다. 먼저 자신의 딸인 쥬느비에브가 저지른 일과. 그 애를 그렇게 몰아간 것에 대해 생각해 보았다. 잔느는 얼어붙은 호수에 빠져 죽은 베르트 이모에 대해. 그 뒤를 따르지 않기 위해 발버둥 쳤을 자신의 엄마 폴린에 대해. 그리고 이 모든 물과 마주하고 있을 루안느에 대해 생각해 보았다. 자신의 엄마가 말했던 그 고인 물에 대해서도 생각해 보았다. 마지막으로 자신에 대해. 자신의 고통과 그 무게에 대해 생각해 보았다. 할 수만 있다면 그 모든 수렁에서 다시 일어서고 싶었다.

잔느는 발 아래로 물이 흘러가는 것을 지켜보았다. 겨울에도 물은 흐르고 있었다. 얼음 때문에 속도가 느리긴 했으나 여전히 움직이고 있었다. 바로 그 물에게 위안과 도움을 청했다. 강을 굽어보고 있는 난간에 한참 동안 팔을 기댄 채로 물에게 도와 달라고 했다. 자신을. 자신의 엄마를. 그리고 자신의 딸을.

잔느가 공원을 떠났을 때는 이미 밤이었다.

나는 긴긴 나날을
어두운 풍경들을
견딜 인내심을 갖고 싶다.

나는 앞으로 다가올 나날들에 대해
용기와 희망을 갖고 싶다.

22시다. 나는 집으로 가는 버스 정류장에 있다. 방금 시몽과 헤어졌다. 시몽이 나를 버스정류장까지 데려다 주었다. 차에 오르기 전에 나는 시몽에게 물었다.

"다시 만날까?"

대답을 듣지 못했지만, 나는 우리가 곧 다시 만나리라는 걸 안다.

열셋

자크는 처음엔 어쩔 줄을 몰랐다. 두려움에 무너지는 것은 그에게 어울리는 일이 아니었지만. 지난 몇 주 동안의 시간은 그를 지탱하는 모든 것을 앗아가 버리고 말았다. 자크는 나지막한 소리로 아내를 불렀다. 그러다가 점점 큰 소리로 불렀다. 집 전체에 그의 목소리가 울려 퍼졌지만. 아무 대답도 돌아오지 않았다. 여러 광경들이 머릿속에서 뒤엉키기 시작했지만. 어떻게 해 볼 도리가 없었다.

욕실로 가 보았지만 텅 비어 있었다. 짧은 순간이지만 최악의 사태를 상상했다. 욕조 바닥에 누워 있는 아내를 발견하지 않은 것만으로도 위안을 느끼며 그는 약장으로 달려가 약병들을 꺼내 조바심을 하며 알약들을 변기에 쏟아 부었다.

그런 다음에 차고로 달려갔다. 집과 차고 사이를 가르고 있는 문을 열기 전에 자크는 차고 문에 손을 대 보았다. 마치 그 안에 불이라도 난 듯한 행동이었다. 문은 차가왔다. 그런데도 손잡이를 돌릴 때 그의 가슴은 활활 타오르는 불길에 휩싸여 있었다. 차는 그대로 있었다. 엔진도 정지 상태였다. 아내는 차에도 없었다. 자크는 문짝에 등을 대고 치밀어 오르는 구역질을 억지로 참았다.

자크는 이층에 있는 모든 방을 샅샅이 뒤졌다. 아내는 어디에도 없었다. 그는 심지어 침대 밑도 살펴보고 옷장 문도 열어 보았다.

그러고 나서 마지막 문 앞에 섰다. 그것은 쥬느비에브의 방이었다. 손잡이를 돌렸다. 천천히. 숨을 쉬기조차 힘들었다. 자크는 넘어지지 않으려고 문짝을 붙들었다.

모든 것이 한 달 전 즈음에 딸이 놓아둔 그대로였다. 여기저기 널린 옷가지들, 읽기 시작했지만 결코 끝내지 못할 책들, 벽에 붙여 둔 그림들과 시들, 탁자 위에 놓인 물컵 하나, 흐트러진 침대, 그리고 오늘 저녁이라도 딸이 당장 돌아올 것처럼 베개 위에 놓인 잠옷. 이런 것 하나하나가 심리적 충격이 되어 그의 얼굴에 떠올랐다.

집에 돌아온 잔느는 딸아이의 침대에 쓰러져 있는 남편을 발견했다.

물속에서 숨을 쉬다.

마침내

지난밤에 나는 꿈을 꾸었다. 꿈속에서 나는 시몽과 함께 버스를 기다리고 있었다. 저녁이었다. 버스를 타면서 운전석에 앉아 있는 사람이 아빠라는 사실을 처음에는 알지 못했다. 아빠도 언제나 같은 좌석에 앉는 엄마를 향해 미소를 보내는 데 정신이 팔려서 내가 탔다는 걸 눈치 채지 못하고 있었다.

다른 승객들이 모두 내리고 나서 아빠는 버스 안의 불을 껐고, 우리는 작크-카르티에 다리를 건넜다. 우리는 밤새워 버스를 타고 메인 주에 있는 바닷가까지 갔다. 아빠는 버스를 모래사장에 세웠다. 쥬느비에브와 내가 어렸을 때 여름마다 찾던 바로 그곳이었다.

우리는 조개껍질과 조약돌을 주웠다. 한참 동안 아무 말 없이. 그리고 동생이 죽은 후, 처음으로 평화로운 시간을 누렸다. 가족 모두 함께.

나는 그것이 일종의 신호라고 생각했다.

에필로그

2003년 1월 4일

동생이 죽은 지 일 년이 다 되어간다. 동생이 죽은 바로 그 날짜에 우리 가족은 내 생일잔치를 할 테고, 앞으로도 그럴 것이다. 그러나 우리 가족은 달라졌다. 내 동생의 죽음이 그 분기점이다. 이 비극적인 사건은 우리로 하여금 주변의 모든 사람에게 눈을 뜨게 해 주었다. 대화를 하면서 속마음을 털어놓고 다가가야 할 필요와 의무에 대해 절절하게 깨닫게 해 준 것이다. 우리의 삶은 혼자서만 살아가는 것이 아니다. 우리는 언제나 자신이 가진 것을 다른 이와 나눔으로써 얻게 된다. 나는 마침내 이런 사실을 깨달았다. 내 동생도 역시 깨달았으면 좋았을 것을.

내일 나는 벤쿠버로 여행을 떠난다. 학교에서 교환 학생 프로그램을 만들었다. 나는 쥬느비에브와 함께 간다. 나는 마침내 그 애가 안전하게 있을 장소를 찾아냈다. 그곳은 바로 내 마음속이다.

나는 쥬느비에브가 내 눈을 통해 온세상을 보게 할 것이다. 그 애가 세상에 감추어진 아름다운 것들을 보면 좋겠다. 날마다 그러지는 못 하겠지만, 나는 살고 싶다. 나는 동생이 겪어 보지 못한 모든 것을 경험할 것이다. 나는 사랑하고 싶고, 사랑받고 싶다. 아이들도 갖고 싶다. 아이들을 낳아서 사는 재미를 안겨 주고 싶다. 삶이란 살아 볼 만한 가치가 있기 때문이다. 나는 지금 그렇게 확신하고 있다.

할머니는 여전히 살아가는 것을 힘겨워하신다. 지금까지의 삶을 몇 달 만에 지울 수는 없는 법이다. 하지만 할머니는 그런대로 편안한 곳을 찾아내게 되었다. 할머니는 권태에 맞서거나 침몰하는 대신, 공생하는 법을 배우고 계신다.

엄마는 자살 예방 단체에서 자원 봉사 활동을 한다. 실오라기만큼이라도 희망이 있다면 어디라도 쫓아다닌다. 엄마는 놓쳐 버린 지난 시간들을 메우려 애쓰고 있다. 그래서 작은 출판사를 차려 쥬느비에브가 쓴 글과 그림 들을 출판할 계획이다.

아빠는 슬픔을 슬픔 그대로 견디며 받아들이기로 했다. 하지만 아직은 어떻게 해야 할지를 모르고 있다. 아빠는 엄마를 위한 부표와 등대와 나침반 역할을 해 왔다. 아빠는 자신도 흔들릴지 모를 역할에 대해 조금은 거북하게 느끼면서도, 조금씩 나아지고 있는 중이다.

벽 앞에 나무 발판을 벌려 놓아서 집 모양새가 우스꽝스럽기 짝이 없다. 게다가 절반은 푸른색과 노란색 페인트로 칠하다가 나머지는 그냥 두어, 그걸 본 엄마는 웃음을 터뜨렸다. 엄마는 이런 게 바로 우리 가족의 모습이란다. 말하자면, 재건축 중인 가족인 것이다.

그 사이에 나는 쥬느비에브의 행동을 더 잘 이해하게 되었다. 동생은 아마도 진짜로 죽기보다는, 고통에서 벗어나려 했을 것이다. 그러나 삶의 고통이 일시적인 데 반해, 거기서 벗어나려는 극단적인 선택은 결정적이라는 사실을 깨닫지 못했던 것 같다.

조류가 밀려왔다 빠져나가듯, 모든 것은 지나간다. 썰물도 있지만, 반드시 밀물이 뒤따른다. 그걸 믿어야 한다. 이것이 자연의 섭리다.

삶이 너무 버거운가요? 무엇을 어떻게 해야 할지 몰라서 막막한가요? 아래 단체나 기관에 연락해 보세요. 꼭 필요한 도움을 받을 수 있습니다.

보건복지콜센터 희망의 전화 129 www.129.go.kr
생명의 전화 1588-9191 www.lifeline.or.kr
서울시자살예방센터 1577-0199 www.suicide.or.kr
청소년 전화 헬프콜 1388 http://1388.kyci.or.kr
한마음한몸 자살예방센터 1599-3079 www.3079.or.kr

내 삶은
헤엄칠 줄
모른다

제 1 판 제 1쇄 발행일 2014년 10월 31일

글쓴이 · 엘렌 튀르종 | 옮긴이 · 김윤진

펴낸이 · 소병훈
주   간 · 오석균
편   집 · 최혜기
디자인 · 소미화
마케팅 · 권상국
관   리 · 이용일. 김경숙
펴낸곳 · 도서출판 산하/ 등록번호 · 제300-1988-22호
주소 · 110-053 서울특별시 종로구 사직로 8길 21-2 (내자동 서라벌빌딩 4층)
전화 · (02)730-2680(대표) / 팩스 · (02)730-2687
홈페이지 · www. sanha. co. kr / 전자우편 · sanha83 @ empas. com

Ma vie ne sait pas nager

Copyright © 2006, Editions Québec Amérique Inc.

Korean Translation Copyright © 2014 by Sanha Publishing Co.
All rights reserved.

The Korean language edition published by arrangement with Editions Québec Amérique Inc.,
Montréal through Agency-One, Seoul.

ISBN 978-89-7650-439-5 44860
ISBN 978-89-7650-400-5 (세트)

* 이 도서의 국립중앙도서관 출판시도서목록(CIP)은 e-CIP 홈페이지(http://www. nl. go. kr/ecip)와
  국가자료공동목록시스템(http://www. nl. go. kr/kolisvet)에서 이용하실 수 있습니다.
  (CIP제어번호:CIP2014029664)
* 이 책의 내용은 역자나 출판사의 동의 없이 사용할 수 없습니다.